Abílio Cezar Borges

Vinte Annos de Propaganda Contra o Emprego da Palmatória

Antigonos

Abílio Cezar Borges

Vinte Annos de Propaganda Contra o Emprego da Palmatória

Reimpressão sem alterações da edição original de 1880.

1ª edição 2024 | ISBN: 978-3-38690-705-7

Antigonos Verlag é um selo de Outlook Verlagsgesellschaft mbH.

Verlag (Editora): Outlook Verlag GmbH, Zeilweg 44, 60439 Frankfurt, Deutschland
Vertretungsberechtigt (Representante autorizado): E. Roepke, Zeilweg 44, 60439 Frankfurt, Deutschland
Druck (Impressão): Libri Plureos GmbH, Friedensallee 273, 22763 Hamburg, Deutschland

VINTE ANNOS DE PROPAGANDA

CONTRA O EMPREGO

DA

PALMATORIA

E OUTROS MEIOS AVILTANTES NO ENSINO

DA

MOCIDÁDE

FRAGMENTOS DE VARIOS ESCRIPTOS

DO

Dr Abilio Cesar BORGES

Publicados no " GLOBO „ em 1876

BRUXELLAS

TYPOGRAPHIA E LITHOGRAPHIA E. GUYOT

RUA PACHECO, 12

—

1880

A' REDACÇÃO DO "GLOBO

Leio sempre com viva satisfação os importantes artigos com que essa illustrada e patriotica redacção costuma discutir todos os assumptos de interesse publico; e particularmente os que entendem com o mais importante de todos os assumptos — *a instrucção da mocidade*.

Entre estes artigos, porém, nenhum tanto applauso e approvação mereceu-me, quanto o editorial de 2 do corrente, onde essa digna redacção, ao passo que com palavras de justa vehemencia profliga o anachronico e brutal emprego da *ferula* e das *expressões injuriosas* no ensino da infancia, denuncia, com um zelo para o qual não ha elogios bastantes, os mestres que, nos fazendo retroceder aos tempos da barbaria, *aqui nesta mesma côrte, centro do movimento progressista do paiz, e á face do governo imperial*, continuam a flagellar as frageis crianças com castigos corporaes, que até para os escravos começam a ser abandonados.

E porque o assaz grave ponto dos meios disciplinares na educação da mocidade me haja occupado sem cessar o espirito, desde que, ha vinte annos, proclamando as idéas novas, levantei a propaganda, pela qual hei até hoje batalhado, contra o deshumano uso da *palmatoria*, pareceu-me que mais um serviço prestaria eu á causa do ensino, pedinho-lhe que faça reproduzir nas columnas do *Globo* esses fragmentos, que ahi remetto, de alguns escriptos meus a semelhante respeito, os quaes terão passado talvez desapercebidos pela razão de que entre nós tão pouco se lê, graças ao pouco gosto que se toma pela leitura aprendida a contra gosto, e a poder de dôres e humilhaçõcs.

7 de Março de 1876.

Abilio Cesar Borges.

VINTE ANNOS DE PROPAGANDA

CONTRA O EMPREGO DA PALMATORIA

E OUTROS MEIOS AVILTANTES NO ENSINO
DA MOCIDADE

1856

Quando no anno de 1856 assumi o cargo de Director Geral dos Estudos da provincia da Bahia, em circular que dirigi ao professorado, escrevi o seguinte :

« E' erro por demais prejudicial suppôrem muitos pais, e na maxima parte os preceptores, que só por meio do terror se póde manter nas escolas a disciplina conveniente, e alcançar dos discipulos maior attenção, mais desenvolvimento da intelligencia, e mais rapido aproveitamento.

« Reflicta cada um no como se embota nossa intelligencia, e no quanto repugna-nos a leitura, para a qual de mais nos fallece de todo a attenção, sempre que temos o espirito afflicto, e o coração oppresso de qualquer sentimento ou impressão desagradavel ; entretanto que se nos aclara e aguça a comprehensão, deparamos na leitura a mais gostosa das occupações, todas as vezes que nos achamos de espirito satisfeito e calmo, e de coração desassombrado e sereno : — reflicta cada um em que, sob a pressão da dór e do medo, os individuos mais intelligentes se tornam como que estupidos, e os mais sensatos capazes de praticar actos só proprios de loucos, e acabará por convencer-se de que vai caminho errado para attingir o fim que se propõe.

« O coração, o amor, eis o orgão, eis o affecto, por intervenção dos quaes tudo se alcança, e a que os mestres, como os pais, deveriam sempre dirigir-se. Fallai ao coração do menino, conquistai-lhe o amor, e vereis que admiraveis resultados alcançareis de vossas lições e conselhos.

« O menino que tem verdadeiro amor a seu pai, que dedica a seus mestres affeição profunda, o que succederá sempre que se compenetrar de ser por elles sinceramente amado, nunca deixará de ouvil-os attentamente, nunca deixará de seguir seus dictames : — é isto de experiencia quotidiana.

« Despertai, além disto, em vossos discipulos os sentimentos nobres, convencendo-os da superioridade do homem que cultiva sua intelligencia ; promovei entre elles a emulação essencialissima para animal-os na difficil carreira das lettras, e vos entrareis desta verdade—QUE A FERULA, EM VEZ DE AUXILIO, É ANTES UM OBSTACULO AO SEU DESENVOLVIMENTO. »

1858

No discurso que pronunciei por occasião de fundar o Gymnasio Bahiano em Fevereiro de 1858, disse eu :

« Em minha humilde opinião, senhores, a educação da mocidade não tem seguido até o presente uma marcha conveniente : quer-se chegar aos fins empregando meios absurdos, que dão na maior parte dos casos resultados bem outros dos que se desejam : — não se tem attendido para a natureza, nem para a epocha em que vivemos : faz-se do tirocinio litterario um caminho da cruz, que causa horror á mocidade.

« Em vez de se excitar nos meninos o amor das sciencias e das lettras, empregando-se os meios adaptados para que comprehendam suas vantagens e encantos, tornam-n'os aborrecidos, e até inimigos dellas, a poder de dôres, soffrimentos e humilhações de toda especie.

« Entende-se geralmente que o espirito não póde ser cultivado sem que padeça o corpo.

« Infeliz pensamento !

« E' por isso que muitos moços, aliás intelligentes, deixam de seguir a carreira litteraria, na qual poderiam fazer um importante papel.

« E' por isso que fogem quasi todos de seus mestres, para os quaes aliás deveriam naturalmente chegar-se.

« Qual será em verdade o estudante que tome gosto

pela instrucção, si, para alcançal-a, é preciso atravessar um longo supplicio de palmatoadas e castigos de todo genero, além de ter diante de si eternamente um mestre sempre carrancudo, que mais mereceria o nome de inimigo ou carrasco?

« Pois para se educar o espirito, o espirito que é uma emanação de Deus, de Deus que é todo puro amor, em vez de amor, só se ha de empregar rigor?!

« Não haverá meio de reger a alma humana sinão fazendo padecer o corpo?

« Pois a sciencia é cousa que se introduza no espirito á força de pancadas?

« E' o corpo ou a alma que aprende ou sente?

« Não parece mais consentaneo á razão corrigir os desmandos do espirito com amor e conselhos, ou com outros meios moraes que obrem directamente sobre o mesmo espirito? E promover a emulação e o gosto do estudo estimulando os brios e a dignidade da infancia?

« Alguem me alcunha de utopista quando proclamo estas idéas, e se me empraza para os factos :—felizmente começo de hoje a educar a mocidade segundo taes principios, infundindo-lhe sentimentos nobres, e convencendo-a da sua propria e exclusiva conveniencia em instruir-se: — e tenho fé que ella me ajudará a edificar os incredulos e a envergonhar os obstinados.

« Para obter satisfactorios resultados e solido aproveitamento eu preferirei sempre empregar uma educação liberal, cheia de confiança, e forte sobretudo pelo conselho e pela persuasão.

« A vontade, esse livre arbitrio, dom precioso, que

a alma recebèu das mãos do Creador, é nosso dever superintendel-a, esclarecel-a, e dirigil-a.

E' bem certo que em seus primeiros passos requerem os meninos um guia, que os ampare livre do risco de cahirem, e que sua intelligencia, que se desenvolve, precisa de ser encaminhada ; — nunca porém se deve esmagal-os sob o peso de cruel constrangimento. "

1859

Em outro discurso proferido no anno de 1859, disse eu:

" Póde parecer commodo assemelhar o escravo ao animal, e o menino ao escravo. E' isto do gosto de certos pais, ou antes de certos mestres.

" Ha duros constrangimentos que dobram afinal um menino tenaz, mas que entretanto havia nascido susceptivel de amor, e accessivel ao sentimento da honra. Assim conseguem algumas vezes sortir effeito, ou parecem conseguil-o, aquelles que não sabem conduzir o menino sinão pelo rigor, e pela ameaça ; verdadeiros domadores de animaes ferozes, porém de animaes ferozes que elles proprios tèm tornado taes; homens sem coração que, si não achassem repressão, conseguiriam apenas com demasiada facilidade formar uma geração semelhante a si.

" Si um pai supporta que com seu filho se empreguem taes meios, eu o advirto que o resultado mesmo será seu castigo; elle verá, quando chegar a occasião, o que é uma alma de escravo.

« Todavia é possivel que o resultado não seja tal como digo.

« Ha na alma humana uma tal nobreza innata, que ella pode elevar-se, engrandecer-se, melhorar-se por soffrimentos de toda especie, e purificar-se mesmo no fogo dos ultrages e dos maus tratamentos.

« Assim ha meninos que, depois de terem sido desconhecidos, perseguidos, maltratados, nem por isso deixam de tornar-se homens de bem e de merito.

« Admiremos nelles a omnipotente bondade da Providencia. Porém anathema a um pai que faz parada do futuro de seu filho neste jogo terrivel.

« O que ha no entretanto de mais commum do que ouvir-se dizer : « Oh ! eu o domarei, eu o amansarei. »

« Pergunto agora si é isto a linguagem de um pai, ou de um mestre, ou si de um inimigo ?Dizei pois ao contrario : « Eu o abrandarei, eu o modificarei. »

« Comparai esta linguagem áquella de um mestre que dizia um dia a um de seus discipulos obstinadamente indocil : « Hei-de vos fazer mudar de comportamento !

— E como ? « disse o moço com um sorriso ironico.

— Tanto vos amarei, que sereis afinal por vossa vez forçado a amar-me; e então achareis prazer em comportar-vos bem. »

E foi justamente o que succedeu.

« Si a tyrannia em educação é contraria á natureza, o despotismo ainda o mais brando não o é menos.

« A autoridade paternal instituida por Deus para formar do filho um ente razoavel e livre, isto é, para preparal-o a fazer, por meio de sua razão, um bom uso de sua liberdade, é necessariamente absoluta ; mas não póde ser despotica.

« Ora, toda autoridade em educação deriva da do pai de familia; logo o despotismo não póde ser admittido em educação.

« O dever do mestre para com seu discipulo é— acostumal-o a ter uma vontade que lhe seja propria nas cousas licitas; dar a esta vontade uma certa liberdade de acção; permittir que ella tropece algumas vezes, nesta epocha em que suas quedas vigiadas são quasi sem perigo, e concorrem para ensinal-o a caminhar direito.

« O pai não foi encarregado pela natureza de guiar um escravo, de formar um soldado, de preparar um ministro dos altares, etc., mas de educar um homem; isto é, um ente razoavel e livre.

« E' preciso, pois, que sua autoridade deixe subsistir a energia interior : e para isso cuide em disciplinal-a, e não em suffocal-a.

« Tudo deve ser aproveitado para que a submissão, isto é, a obediencia exterior a que o discipulo é necessariamente adstricto, se reuna á docilidade, isto, é, esta obediencia interior que só delle depende.

« Porque o coração do homem tem naturalmente, mesmo desde os mais tenros annos, uma independencia soberana. A liberdade existe sempre nelle posto que latente.

« E' verdade que podemos violental-a, porém nunca aniquilal-a.

« Quaesquer que sejam as coacções externas, a

alma do menino não assimila sinão o que ella bem
quer assimilar. Não succede com os alimentos do
espirito o mesmo que com os do corpo, que o homem
é constrangido a digerir, ainda quando ingeridos
por força.

« De todo o ensino recebido, a alma não toma
sinão aquillo que ella quer, e regeita o resto por
mais que se faça; nada do que o discipulo faz
contra os dictames do coração lhe aproveita. Assim,
Deus que o creou para a liberdade, pôz em sua
propria vontade, que fez independente, a garantia
de seu direito.

« Afim de que este direito seja mantido, a autoridade paterna, e qualquer outra que della emane, se
guiarão pelas regras, que se resumem nestas duas
palavras : — sabedoria e amor.

« A sabedoria espalha ao redor de si uma luz, que
a torna visivel até **pelas** intelligencias mais fracas.

« Sim, diz o menino comsigo mesmo, esta prescripção é razoavel; sim, este castigo é justo; eu
aceito o castigo, aceito a prescripção.

« O amor dá encanto a tudo, e seu calor se faz
sentir até nas profundezas mais intimas, onde não
penetra a luz.

« Sim, diz o menino, o que de mim se exige tem
por objecto meu bem; não o vejo, mas sinto-o e
creio. »

« A sabedoria e o amor assim reunidos, produzem
pois irresistivelmente em um tenro coração esta
docilidade, que o faz conservar a liberdade na obediencia; e infundem-lhe plena confiança naquelles
que o educam. A autoridade de um lado (quero
dizer a autoridade esclarecida pela sabedoria e

animada pelo amor), e a confiança do outro, tal é a condição essencial de uma educação liberal.

« Um menino docil não tem necessidade de ser arrastado pela força ; deixa-se docemente conduzir pela mão ; e algumas vezes esta mão larga-o por um instante, afim de que elle proprio volte a pegal-a.

« Ser conduzido assim é o direito do menino, direito que procede incontrastavelmente de sua qualidade de homem.

« Donde se segue que todos os meios empregados para educal-o devem ter um caracter liberal, nobre, generoso, proprio a manter nelle a altivez, a espontaneidade, a elevação dos sentimentos, em uma palavra, tudo que faz a dignidade do homem. »

« A dignidade é inseparavel da liberdade : e tudo que fere esta dignidade é por isso mesmo illicito.

« O meu principal cuidado, foi, portanto, despertar em meus alumnos os sentimentos elevados e o amor do estudo, ao mesmo passo que procurava amenisar-lhes o mais possivel a existencia, concedendo-lhes os gozos licitos, a que a infancia tem incontestavel jus ; porque sempre entendi com M. Barrau que o menino não é um homem, e sim a flôr da qual o homem deve ser o fructo : a ingenuidade, a graça singela, o humor folgazão, a alegria turbulenta, a vivacidade inconsiderada, são sua corolla encantadora, corolla que se desfolha com demasiada rapidez, quando depois da flôr succede o fructo. »

A todos estes sentimentos nunca me esqueci de misturar o sentimento da religião ; da religião que, na phrase de um eloquente moderno escriptor, é um balsamo salutar applicado a todas as feridas da alma, e que a fortifica contra os maus pensamentos.

Pela religião se aprende a ser homem virtuoso, bom cidadão, obreiro pacifico : por ella em summa se prepara o homem para cumprir seus deveres para com Deus, para com seus semelhantes, e para comsigo mesmo.

Até nas minhas expressões puz sempre o maior cuidado todas as vezes que era forçado a reprovar, censurar ou mesmo exprobrar qualquer comportamento irregular dos meus discipulos, esquivando-me o mais possivel ao uso de palavras que pudessem parecer injuriosas.

« Imagina-se, diz um judicioso escriptor, que se corrigirá um menino que se annuncia mal, prodigalisando-se-lhe todas as más qualificações de ruim, indigno, incorrigivel. » — O menino espanta-se a principio da pintura que delle se faz; acha depois que essa pintura é exagerada; e, ou nenhum caso faz della, - ou então, crendo-se perdido na opinião dos mestres, não tarda a justificar esta opinião, e perder-se realmente.

E' assim que uma opinião injusta ou rigorosa de mais, irrita a victima contra o mestre, e impelle-a a fazer todo o mal que se lhe attribue.

A este respeito tive continuamente diante dos olhos o seguinte conselho de um celebre educador :

« Preceptores e pais, quando reprehenderdes a um menino, fazei-o em termos os mais simples e concisos ; sède claros e breves ; nada de exageração, nada de emphasis ; nenhuma dessas ameaças absurdas que não podeis realisar, e sobretudo as repetições e prolixidades. A mais forte correcção para o discipulo deve ser vossa opinião. Si alcançardes que elle a tema, vossa autoridade é omnipotente; e o obtereis, quando usardes do vosso poder com a dignidade conveniente.

« Reflecti sempre em vossa alta missão, em vossa immensa superioridade, e nunca sereis tentados a lançar raios, ou a fazer roncar o trovão.

« Vi sempre, quando me sentei nos bancos escolares, que o mestre que fallava com mais gravidade e mais docemente era o mais escutado, mais temido e mais amado.

« Tambem fui testemunha do contrario desta boa ordem : — vi pais e mestres sem cessar armados de bordão e de palavras ameaçadoras, semelhando lobos a ponto de devorarem tremulas ovelhas, vomitando injurias e exagerações, cada qual mais irrisoria e detestavel, mas o riso abafado dos meninos e seu desprezo manifesto me pareceram sempre o unico resultado deste aviltamento culpavel do sacerdocio paternal ou magistral.

« E quando se considera a terna susceptibilidade dos meninos, sua deferencia profunda para com os nossos juizos, ha necessidade de palavras tão duras e de esforços tão violentos?

« Sem duvida o educador tem obrigação de reprimir o mal : mas para o conseguir tem necessidade de fazel-o conhecer, assignalal-o e indicar os meios de evital-o. »

« Com effeito nossa moralidade tira sua inspiração e sua força de uma ordem de cousas superior ao simples conhecimento dos deveres : a educação moral deve pois estar ligada necessariamente á educação religiosa. — São inseparaveis. »

1860

Em um discurso que proferi no anno de 1860, disse o seguinte :

" A criança é um ente pensante, activo, moral, influido por affectos e paixões que convem regular, mas nunca violentar pela coacção, ou destruir pela tyrannia.

" A criança tem uma dignidade que será um dia a dignidade do homem; e é necessario engrandecel-a em logar de a envilecer.

" A pedagogia tem por fim cultivar a razão, sem martyrisar a sensibilidade ; e a sua missão é alumiar o espirito com o facho da sciencia, e confortar o animo com os perfumes do amor.

" Afóra os casos de necessidade flagrante, diz M. Barrau, a criança e o adolescente devem ser tratados com uma doçura extrema. — Si Mentor empurrou Telemaco violentamente, e o precipitou ao mar, foi só no momento em que, sem isto, sua virtude ia perecer.

" Esta doçura de tratamento não é, nem um direito do menino, nem um dever nosso ; porém é a felicidade de seus tenros annos, e esta felicidade é o allivio das fadigas e a consolação dos cuidados que nos dá sua educação ; essa doçura de tratamento faz nascer sobre o semblante do menino a expressão da confiança e da franqueza, e põe em seus labios um sorriso que nunca mais se extingue.

" Em todas as circumstancias, até nas mais

difficeis, dei sempre aos meus alumnos o exemplo
da magnanimidade d'alma, da paciencia e charidade,
que todos os homens devem possuir, afim de poderem
ser mais ou menos felizes nesta curta e ardua pere-
grinação da vida : — magnanimidade para descul-
parmos as faltas e erros de nossos semelhantes : — paciencia para soffrel-as : — caridade para nos condoer-
mos e interessarmo-nos por elles.

« Nunca, em caso nenhum, cedi ao petulante ou
insolente : mas igualmente, por justa e necessaria con-
traposição, nunca, em caso nenhum, fui forte contra o
fraco ou arrogante com o humilde ; e apezar, de severo
com os delinquentes, tenho consciencia de que minha
severidade jamais degenerou em crueldade ; antes
muito pelo contrario meu perdão marchou sempre ao
encontro daquelles que o pediam sinceramente,
mesmo em delictos de não pequena gravidade, quando
me parecia que o arrependimento era profundo e
sincero.

« Tambem com taes meios consegui muito mais
do que esperava e me propunha ; consegui muito
mais do que conseguiriam todas as palmatorias do
mundo. »

1861

No discurso com que encerrei os trabalhos lectivos
em Novembro de 1861, fallei como segue :

« Além do que ahi fica dito, senhores, mais uma
razão, e assaz momentosa, me prohibe calar-me : — e é

que fracamente soando lá fóra, e ao longe, o que se passa aqui dentro, e sendo a velha e obcecada rotina constante no emprego dos ataques *sorrateiros e ardilosos* de que é unicamente capaz, mister se faz que falle eu, escreva e publique, para edificação dos incredulos e convencimento dos scepticos.

« Ninguem compareceu ainda até hoje no grande *forum* da imprensa a defender e autorisar os merecimentos da palmatoria, convencendo a opinião de que sem ella não pode haver instrucção, nem educação ; entretanto que por bocca pequena muitos não cessam de glorifical-a, continuando, embora a medo e cautelosamente, a tyrannisar impunemente a pobre infancia, e a aviltal-a com esse instrumento de escravos.

« Cumpre-me, pois, ir por diante no meu apostolado: cumpre-me não repousar um momento : batalhe embora, a descoberto e sosinho, com adversarios que não ousam mostrar-se.

« Ha quatro annos, senhores, em um dia de igual solemnidade, proclamei eu guerra de exterminio aos barbaros castigos physicos, affirmando, com a segurança da convicção, que o Gymnasio Bahiano se incumbiria de em breve tempo fazel-os desapparecer completamente de nossas escolas.

« E em adiantado caminho de realisação iria já tal prophecia, si desgraçadamente, apezar dos edificantes resultados praticos apresentados por meu systema, não persistissem obstinados muitos mestres e pais, que não sabem comprehender como da turbulenta e leve mocidade se consiga cumprimento de deveres, sem pôr-se-lhe diante continuamente a carranca do mestre e o temeroso aspecto da *ferula* ; nem podem conceber possivel consorcio entre o respeito dos meninos e a affabilidade e amor dos mestres.

" Perdoai, portanto, senhores, si me esqueço por um pouco da brevidade, insistindo neste interessante assumpto, que é, por assim dizer, o eixo sobre que gyra o systema de ensino desta casa.

" Levo nisto o deliberado intento de illustrar os mestres e pais de boa fé, e convencel-os, para se emendarem, si ainda for tempo, do funestissimo erro em que laboram.   .

" Em todos os tempos reconheceram os melhores educadores que os meios violentos eram mais nocivos que proveitosos no ensino da mocidade. E, mesmo nas tristes eras do paganismo, assim pensaram, praticaram e recommendaram os maiores genios e mais sabios mestres.

" Quintiliano dizia que o mestre, para ser digno de tal nome, devia antes de tudo ter entranhas de pai, despendendo com seus discipulos a doçura, a paciencia, e essa ineffavel bondade que são naturaes no coração paterno.

" Que o mestre não seja colerico nem assomado, sem todavia fechar os olhos ás faltas que merecerem attenção.

" Que no seu modo de ensinar seja simples, moderado e exacto, *confiando mais na regra invariavelmente seguida e na sua constante assiduidade, do que no excesso de trabalho da parte dos discipulos.*

" Que quando obrigado a reprehende-los, não o faça em termos asperos, offensivos ou injuriosos : porque nos meninos cria facilmente aversão para o estudo a reprehensão dada com certo ar de paixão, que parece envolver odio.

« Que lhes falle sempre da virtude, elogiando-a como merece, e convencendo-os de ser ella o melhor dos bens, e absolutamente necessaria para conseguirem a affeição e estima de todos.

O mesmo Quintiliano já professava a opinião de que, quanto mais o mestre advertir o discipulo dos seus deveres, tanto menos se verá obrigado a castigal-o.

Emfim, senhores, os castigos rigorosos fazem nascer nos meninos um incuravel desgosto para as cousas, que se deve buscar todos os meios de lhes fazer amar ; não mudam, nem reformam a natureza; reprimem-na somente por algum tempo ; e servem apenas para fazerem um dia arrebentar as paixões com mais violencia.

« Seneca, no seu admiravel tratado *De Clementia*, depois de fallar com aquella proficiencia que o distingue em todas as suas obras, pergunta : Qual será mais digno de apreço? Aquelle mestre que por sabios pareceres e motivos de honra procura corrigir seus discipulos, ou aquelle que os despedaça com pancadas por causa de algumas lições mal recitadas e por outras faltas semelhantes !

« Um habil peão sabe ensinar seu cavallo acariciando-o com mão fagueira ; por que razão devem os homens ser tratados com mais dureza do que os animaes ?

« Terencio sobre o mesmo assumpto assim se exprimia : — *Pudore ac liberalitate pueros retinere satius esse credo quam metu.*

« O mesmo Seneca no seu tratado *De ira* preceitúa — que aquelles que se occupam do governo dos outros devem, para curar os espiritos, começar pelo uso de doces advertencias e argumentos suasorios, fazendo-lhes amar a honestidade e a justiça, e inspirando-lhes horror ao vicio e estima para a virtude; e que só quando todos estes meios tiverem sido vãmente empregados, é que serão applicaveis os castigos, reservando-se todavia sempre os maiores para os casos mais graves.

« Cicero discorria do seguinte modo: — Algumas vezes ha necessidade de se usar nas correcções de um tom de voz mais elevado e de palavras mais severas; porém isto deve succeder raramente, do mesmo modo que os medicos não empregam remedios heroicos sinão nos casos extremos.

« Convém todavia assaz que taes censuras, por mais fortes que sejam, nada tenham de ultrajante; que não entre nellas por fórma alguma a colera, que tudo corrompe; e de tal guisa se proceda, que o menino sinta que, si nos servimos de termos um pouco acerbos, é mau grado nosso e só para seu bem.

« Ainda outros autores pagãos poderia eu aqui citar, si não fôra o receio de me estender mais do que a occasião consente.

« Passarei, pois, a considerar o mesmo objecto depois da era christã.

« Admira devéras, senhores, que assim transviados fossem os preceptores da santa e amorosa doutrina do Mestre dos mestres, que inaugurou o imperio da caridade, a ponto de chegarem a proclamar que o rigor é essencial para o bom proveito do ensino.

« O que, entretanto, nos deixou ensinado a victima do Calvario, aquelle Divino modelo dos mestres, sinão — paciencia sem limites, amor e caridade inexgotaveis, e prompta misericordia para os discipulos?!!

« E depois de Jesus Christo, não estão ahi a protestar contra os meios violentos no ensino da mocidade todos os mais celebres educadores antigos e modernos?

« Não são tão conhecidos os Loke e Rollin, os Lemare, Pestalozzi e Fénélon ; os Dupanloup, Barrau, Gauthey, e tantos outros estrenuos propugnadores todos do ensino amoravel? !

« Mas é preciso confessar, diz Rollin, que o emprego dos castigos torna o mister dos mestres mais facil, custando-lhe muitissimo menos que o da doçura e da insinuação : tambem, si lhes custa menos, muito menos conseguem, visto como por meio dos castigos quasi nunca se chega ao verdadeiro fim da educação, que é persuadir os espiritos e inspirar-lhes o amor sincero da virtude.

« Si quanto á parte moral da educação fica estabelecido que os castigos pouco aproveitam, succederá diversamente acerca da applicação e do amor ao estudo?

« Fazer amar o estudo, diz Rollin, é um dos pontos mais importantes em educação, e ao mesmo tempo de tanta difficuldade, que entre mui grande numero de mestres, aliás de subido merito, bem poucos se encontram, que sejam assaz felizes para conseguirem tornar o estudo amado por seus discipulos.

« O successo neste particular depende muito das primeiras impressões ; e por isso a maior attenção dos mestres encarregados de ensinar os primeiros elementos deve cifrar-se em obrarem de modo que um menino, ainda incapaz de comprehender o valor do estudo para amal-o, não lhe vote desde logo aversão, com medo de que o amargor que sente no começo não o siga em toda a carreira escholar.

« A juizo de um educador bem antigo, o grande segredo, para fazer com que os meninos amem o estudo, consiste em o mestre se fazer amar d'elles antes de tudo.

« Por tal preço os discipulos esforçam-se para comprazer o mestre; o escutam de boa vontade, satisfazem-se em ouvir suas lições, recebem suas advertencias e correcções de bom coração, são sensiveis a seus louvores, e diligenciam merecer sua amizade, cumprindo bem seus deveres.

« Outro autor, abundando nas mesmas idéas, recommenda que nunca se perca de vista este grande principio — que o estudo depende da vontade, a qual não soffre constrangimento — *Studium discendi voluntate, quæ cogi non potest, constat....*

« E', pois, a vontade que convém ganhar; e ella só se ganha pela doçura, pela amizade e persuasão, e sobretudo pelo attractivo do prazer.

« Convém muito, diz Fénélon, procurar todos os meios de tornar agradaveis aos meninos as cousas que delles se exigem. Tendes que propôr - lhes algum trabalho que lhes custe, e mesmo cause incommodo? Convencei-os de que a pena será em breve seguida do prazer; mostrai-lhes a utilidade de tudo quanto lhes ensinais, sem pretenderdes obrigal-os por uma autoridade secca e absoluta.

" Os meninos são capazes de entender a razão mais cedo que se pensa, e gostam assaz de ser tratados como pessoas razoaveis desde a mais tenra idade.

" E' muito conveniente entreter nelles esta boa opinião, e explorar quanto possivel este sentimento de honra, de que se ufanam, como um meio universal para conduzil-os onde se quer.

" Meus senhores!

" A verdade de todas estas opiniões que acabo de citar desses grandes mestres, tenho-a eu reconhecido cabalmente na constante experiencia de quatro annos, durante os quaes por ellas me hei regido na direcção deste estabelecimento.

" E tão notaveis têm sido os resultados conseguidos, que, com poucas excepções, distinguem-se meus alumnos por uma applicação tal, que, em vez de estimulal-os, tenho sido forçado em muitas occasiões a refrear-lhes o ardor, negando frequentemente aos pensionarios, com grande pezar delles, a continuação do estudo, além de certas horas, que procurei sempre com prudencia limitar.

" Ahi estão elles e seus dignos professores ante quem fallo para attestarem a exactidão desse extraordinario facto, que, para honra de todos e confusão dos advogados da *ferula*, me glorio de publicar ainda uma vez. "

1862

No discurso que no *Gymnasio Bahiano* proferi a 23 de Novembro de 1862, encontram-se as seguintes reflexões:

« Crendo ter já feito assaz comprehender as vantagens do systema de estudos seguido nesta casa, e a sem razão portanto dos que impensadamente o censuram, passarei a dizer-vos, como prometti em principio, do que este anno fiz no tocante ao lado moral da educação de meus charos alumnos.

« Assim como o sol é o centro de nosso systema planetario, tendo todos os planetas sob sua poderosa influencia, illuminando-os e regulando seus eternos movimentos; assim a verdade é o centro do systema moral, em torno da qual gyram todas as outras virtudes, e donde todas dimanam e recebem a salutar influencia que as vivifica e fecunda.

« Tambem foi o sentimento de amor e veneração pela verdade aquelle que de preferencia, e por todos os meios, me esforcei por desenvolver em meus alumnos, ao mesmo tempo que, com igual cuidado, ensinava-lhes a detestar o vicio da mentira, a que Montaigne appellidou de maldito por ser a origem de todos os outros.

« Infelizmente, porém, serias difficuldades neste particular deparei; porque nem todos os meninos submettidos a minha direcção vêm de suas casas assaz preparados para aceitarem promptamente e sem reluctancia tão sã doctrina: podendo-se dizer que grande parte d'elles considera a mentira como cousa muito natural, e até admittida.

« E, por desgraça, a mesma sociedade em que vivemos offerece a nossos filhos desde seus primeiros annos, pelo contacto horrivel e necessario da escravatura, o triste espectaculo da mentira em acção continua; de sorte que com ella se vão no correr do tempo familiarisando, até que chegam a termos de empregal-a sem escrupulo, mesmo para encobrir pequenissimas faltas, que nem siquer mereceriam censura.

Além disto muitos pais, e principalmente mãis, quasi que indirectamente, embora sem o querer, levam seus filhos a faltar á verdade, seja castigando-os com rigor desproporcionado aos delictos, e mesmo cruel, seja, e isto muito geral é, fazendo-lhes frequentes ameaças que não cumprem, e usando para com elles de fingimento ou ma fé.

« Não sabem quanto os prejudicam assim !

« Usar de fingimento, ou de capciosos rodeios com o menino, diz o sabio Barrau, é autorisal-o a fazer o mesmo. Elle vos pede uma explicação que lhe não quereis, ou não podeis dar; e vós, em logar de dizer-lhe « Não posso explicar-te isto agora, » dais-lhe uma explicação que não é a verdadeira.

« O menino perceberá logo vossa falta de sinceridade, retirará de vós sua confiança, e provavelmente vos imitará em suas relações com seus camaradas, ou mesmo comvosco; gabar-se-ha do que não sabe, e acostumar-se-á a achar facil escusa, sempre que se vir em embaraço: tornar-se-á por tanto um mentiroso. E fostes vós que lhe abristes o caminho !

Os outros defeitos tão communs nos homens, como o orgulho, o egoismo, a intolerancia, etc., foram por mim igualmente vigiados e corrigidos, ao passo que não me esquecia de desenvolver em todos os meus discipulos as boas partes, que tanto concorrem para ser o homem bem succedido na carreira da vida.

« E' assim que constantemente recommendo e ensino-lhes os habitos de polidez, quer no trato familiar de uns para com os outros, quer com pessoas estranhas ou superiores em idade e posição : observando-lhes sempre que a falta de polidez e delicadeza traz grande quebra até no mais subido merito, e faz a propria virtude parecer menos amavel; porque não ha quem possa supportar gostoso o commercio com um homem, ainda que sabio e virtuoso, grosseiro. »

« Terminando, senhores, devo dizer-vos ainda, que sem capricho nem humor procurei fazer a todos, e em todos os casos, imparcial justiça, diligenciando gravar no espirito de meus discipulos esta grande e eterna verdade que — *A verdadeira justiça, aquella que vem emanada lá da fonte celestial, não conhece jerarchias, não cede a interesses, não se move por sympathias, nem por outro algum respeito humano; além do Direito, que é um, eterno e immutavel, como a origem de onde provém* — Deus. »

1864

Em outro discurso proferido no anno 1864 disse eu o seguinte :

« E' assim que passo a entreter-vos com algumas rapidas considerações sobre alguns defeitos que noto na primeira educação que se dá aos meninos ; e tambem sobre o estado de vergonhoso abatimento a que tem chegado a instrucção chamada *preparatoria* da mocidade brazileira.

« Nem se pense que eu me quero arvorar em Catão, ou reformador ; porém meu dever de educador consciencioso é dizer com franqueza e lealdade tudo quanto concorrer possa para o melhoramento, sinão aperfeiçoamento daquelles que devem succeder-nos um dia na direcção dos negocios da Patria.

« A longa pratica dos ultimos dez annos de minha vida, ininterrompidamente gastos no serviço da educação da mocidade, mé dá, creio, uma certa autoridade para fallar, e algum direito a ser, quando não seguido, ao menos attendido.

« Demais, a missão do educador é como a do sacerdote : — dá-lhe uma especial independencia no dizer verdades, embora desagradando.

« E, pois, me relevareis, si neste pequeno discurso eu me aventurar a usar de franqueza desusada, tratando de assumptos tão de minha especial predilecção.

Como disse, pretendo hoje occupar vossa attenção com alguns defeitos que enchergo na educação e na instrucção da mocidade ; defeitos que urge corrigidos a bem do futuro do paiz.

I

« Quanto á educação, devo começar ponderando que em geral não é ella, no ensino, discriminada da instrucção propriamente dita, quando, em essencia, são realmente distinctas; posto que marchem e se desenvolvam de par, e quasi sempre tão estreitamente ligadas, e mutuamente adjudando-se, que não é facil distinguil-as ou separal-as na pratica ; sendo que, na accepção commum, pela palavra educação se exprimem geralmente os dous ramos do ensino.

« E de semelhante confusão procede em parte a degeneração dos costumes ; porquanto os encarregados do ensino entendem, no geral, cumprido seu dever cultivando as faculdades intellectuaes dos meninos, ensinando-lhes artes, lettras e sciencias, sem se lembrarem da parte mais importante de sua missão — a moral e religiosa.

« Permitti, senhores, que eu insista um pouco neste ponto, pela convicção que nutro de ser muito mais proveitosa ao paiz uma mocidade moralisada e temente a Deus, do que, uma mocidade repleta de instrucção, porém licenciosa e libertina, sem moral e sem virtude (1).

« E ainda si assim fosse quanto á instrucção,

---

(1) Depois de se achar no prélo este discurso, deparei lendo o *Paris en Amérique* de Renat-Lefebvre, com as seguintes linhas, que por apoiarem as minhas reflexões aqui transcrevo : —

... C'est un beau spectacle qu'une jeunesse qui a le courage et la f·i. Dieu nous préserve de ces vieillards de dix-huit ans, qui ne croient à rien qu'à leur égoïsme, âmes gangrenées qui infectent tout ce qu'elles touchent et ne laissent après elles que la corruption et la mort.

teríamos apenas que trabalhar pela rehabilitação da parte moral do ensino ; porém o mal toca tambem, e profundamente, á parte instructiva do mesmo.

« Dá-se má educação, e tambem má instrucção á mocidade, como hei de provar agora mesmo.

« Mas procurarei, antes disto, mosrar-vost resumidamente quaes as differenças que descubro entre os dous ramos do ensino.

« A instrucção obra sobre as faculdades intellectuaes desenvolvendo-as : — a educação obra sobre a vontade governando-a, e encaminhando-a para o bem.

« A instrucção dirige-se ao espirito, e esclarece-o : — a educação dirige-se ao coração, e purifica-o.

« A instrucção vai direito á intelligencia, e sublima-a ; — a educação vai direito ao coração, e forma, e regula os sentimentos.

« A instrucção póde fazer un. philosopho ; mas só a educação póde fazer um homem temente a Deus : — a instrucção fará um sabio ; mas só a educação fará um homem virtuoso, e portanto, um bom cidadão.

« Finalmente, como diz um sabio pedagogo, a instrucção instrue, e a educação torna o homem capaz de fazer bom uso do que aprendeu : — a instrucção fornece recursos para tal ou tal carreira ; e a educação dá recursos para todas as posições e para todas as carreiras.

« Depois de assim em largos traços haver assignalado as principaes differenças entre a educação e a instrucção propriamente ditas, passarei a apon-

tar *per summa capita* os defeitos que noto er uma
e outra.

« Senhores! O que vou dizer-vos sobre o assumpto não é novo, nem ignorado; está na sciencia e consciencia de todos : porém não ha muito quem, esque-
cendo sociaes conveniencias, queira tomar a si o nobre
e honroso encargo de levar o dedo á chaga, denunciar
claramente o mal, e procurar o remedio, ou ao menos
bradar e rebradar por elle.

« Ninguem certamente porá em duvida que a educação dos meninos deva começar desde a primeira infancia; e foi essa a missão que Deus confiou aos pais, e
mais particularmente ás mãis.

» Entretanto qual será a mãi ou o pai que possa
erguer-se e dizer seguro: eu tenho cumprido neste ponto
o preceito divino ?!

« Quem poderá affirmar que tem seguido o conselho do sabio : Semeámos nossa semente desde pela
manhã ? !

« E, entretanto, o menino, como diz o sabio Gauthey, desde a aurora de seus dias deve ser dirigido com
prudencia ; deve ouvir constantemente palavras de
vida: pois só assim seus sentimentos, seus gostos, seus
habitos e suas esperanças se penetrarão de tudo quanto
ha de bom e de bello. E' sob estas santas influencias
que elle proseguirá feliz na carreira da vida, e feliz
alcançará o termo della.

« O Evangelho, que é a palavra annunciada aos
pobres, é tambem o que convem aos meninos. Seu espirito se abre mais depressa do que se crê ás verdades
santas, as quaes lhe causam impressões geralmente
inextinguiveis.

« Uma educação começada sob taes principios, e

continuada na eschola por mestres dignos da missão de que se occupam, em breve regenararia a sociedade mais corrompida.!.... Mas, quão longe estamos disso ?

« E o que eu disse dos pais, não poderia dizer igualmente dos mestres em geral ?

« Quantos são os mestres que cuidam com a necessaria seriedade na educação moral e religiosa dos discipulos ?

« Quaes os que se occupam de investigar e estudar attentamente as disposições naturaes de cada um, para lhes dar a direcção conveniente, desenvolvendo-as ou reprimindo-as, conforme boas ou más ?

« Quantos têm bastante abnegação para viverem incessantemente ao lado de seus discipulos, aproveitando todas as circumstancias que se lhes apresentem, afim de os tornar amigos da verdade, da honra e da virtude, respeitosos, caridosos, e, antes de tudo e sobretudo, cheios do temor de Deus ? !

« Das faculdades d'alma, senhores, aquella de que os pais, como os educadores, se deviam mais particularmente occupar, é a *vontade*; pois segundo fôr ella bem ou mal dirigida, assim ha de ser bom ou mau o caracter do homem.

« E quantos pais ou mestres dirigem, como convém a vontade de seus filhos ou discipulos ?

« Ainda aqui muito a proposito vem citar algumas linhas do citado autor.

« Quando a vontade cede frequentemente aos mesmos desejos, esses desejos têm uma tendencia a reproduzirem-se, e tornam-se portanto em *inclinações*.

« Os actos da mesma especie muitas vezes repetidos tornam-se em *habitos* : os habitos da vontade—eis o que constitue o *caracter* do homem.

« As inclinações que se apoderam d'alma de modo a subjugal-a e perturbal-a violentamente tomam o nome de *paixões*, as quaes, quando se não contrariam em tempo, obscurecem a razão, e tornam-se *verdadeiros tyrannos*.

« E' assim que uma boa direcção da vontade, tornando-se um habito, constitue a virtude, e uma direcção contraria produz o *vicio*.

« Toda a boa educação; pois, deve começar pela vontade. »

<h1 style="text-align:center">1867</h1>

No discurso que a 24 de Novembro de 1867 proferi no Gymnasio Bahiano, disse o seguinte :

« Com a solemnidade do costume celebra hoje o Gymnasio Bahiano o decimo anniversario do encerramento annual de seus trabalhos.

« E, Deus louvado, affirma-me a consciencia que não têm sido sem alguma vantagem para o paiz, esses dez annos de minha vida exclusivamente dados ao serviço da educação dos meus jovens patricios.

« Os resultados felizes do systema de ensino, que adoptei, firme e grave ao mesmo tempo que amoravel, e baseado nos estimulos da dignidade pessoal, assim como nas verdades evangelicas, são na verdade já hoje assaz conhecidos, para mais não poderem, ao menos com successo, ser postos em duvida, sinão por espiritos obcecados, ou por mestres baldos de vocação e dedicação, que não sabem affastar-se da commoda rotina.

« Muitos de vós sabeis, senhores, que eu, mesmo antes da fundação deste Estabelecimento, me havia já abertamente pronunciado contra o systema de ensino empregado entre nós, por barbaro, anti-racional e aviltante, além de anachronico com o que se passa desde muito nos paizes cultos ; e que, fundando-o, mirei antes de tudo demonstrar na pratica a realisação daquellas minhas idéas mal apreciadas então, e até julgadas inexequiveis, ou tidas em conta de utopias.

« Para ser claro, senhores, eu tomei sobre mim um compromisso de honra para com a mocidade de meu paiz, jurando redimil-a do martyrio da ferula : e nobilital-a, elevando-a á categoria dos seres razoaveis, que lhe tinha sido até alli negada.

« Mas sei com extranheza que não obstante tudo quanto sobre a materia tenho escripto, não obstante a decisiva experiencia de dez annos aqui no Gymnasio Bahiano, continua a ferula a ter estrenuos advogados, chegando alguns educadores a declararem-na (ainda hoje!) indispensavel para os progressos litterarios e scientificos da mocidade, e fundamento principal da disciplina e da moral.

« Me relevareis, pois, senhores, o aproveitar eu esta opportunidade, para, ainda uma vez, perante auditorio tão distincto e illustrado, combater esses *soi-disant* educadores, que no meu entender tanto damnificam a nova geração.

I

« Certamente é muito mais facil e mais commodo reger a juventude comprimindo-a, abatendo-a, avil-tando-a, emfim, com meia duzia de palmatorias entregues a meia duzia de censores ou professores sem vocação, muitas vezes sem criterio, e quasi sempre sem experiencia e sem doçura, do que leval-a de vontade ao bem, esclarecendo-a, per-suadindo-a ao cumprimento, do dever, dirigindo-a á força de paciencia, constancia e doce firmeza, em, uma palavra — *educando-a*.

« E' sem duvida commodo dar muita pancada, fazer-se temer por todos os meios de severidade; e depois, por compensação, vigiar pouco os discipulos, e lisongeal-os por toda a sorte de concessões...

« Mas isto será instruir, será educar?

« Não se pense, entretanto, que quero sejam proscriptas absolutamente as punições graves, sobre-tudo em nosso paiz, onde os meninos trazem em geral de suas casas tão pouco desenvolvida a cons-ciencia moral; pois em alguns casos, felizmente raris-simos, são ellas imprescindiveis.

« Nem desconheço que a educação é, como diz o admiravel Bispo de Orleans, (talvez o homem que na actualidade haja prestado mais serviços á causa do ensino, como á da religião), antes de tudo uma obra de autoridade e de respeito; sentença esta que eu, de conformidade com as doutrinas do mesmo, espalhadas em todas as suas obras, completo di-zendo—que é sim a educação uma obra de autoridade e de respeito; mas autoridade baseada na razão

e na justiça, que não na compressão do despotismo ; e de respeito, mas nascido do amor e da
virtude, que não conquistado pela humilhação e
pelo temor.

« Ensinemos, pois, aos meninos a virtude ; en-
sinemos-lhes a verdade ; animemos-lhes os naturaes
estimulos ; fecundemos-lhes no coração os germens
das grandes aspirações ; despertemos-lhes emfim a
energia de sua alma : pois os meninos precisam
mais de amor e conselhos, que de exprobrações e
ironias ; mais de nobres e edificantes exemplos, do
que de condemnações e terrores.

« A verdadeira educação, a unica que pode tornar
os homens bons, exactos e de vontade no cumprimento do dever, moderados, virtuosos em summa, é
a que assenta no esclarecimento da consciencia,
vivificada e illuminada pela fé.

« As pancadas só têm acção na superficie ; por
isso não produzem effeito duradouro ; *vencem* mas
não *convencem*, como eu já o disse algures ; podem
fazer hypocritas e escravos, porém jamais homens
dignos, livres e sinceros.

« As pancadas não são proveitosas nem com os
escravos, nem com os animaes irracionaes.

« Todos vós sabeis que os senhores, que mais se
distinguem por sua dureza e crueldade com os
escravos, não são os melhor servidos.

« E quem ignora que os animaes domam-se, e se
deixam guiar mais facilmente pelo geito e pela doçura,
do que pela força e pelo rigor?

« A missão do mestre, portanto, conforme eu a
comprehendo, embora mui longe esteja de bem

exercel-a, é, antes de tudo,—fazer quanto em suas forças couber para fortificar na alma e no coração dos meninos o amor e o temor de Deus, o respeito de si mesmos, a piedade filial, o amor da patria, e a obediencia emfim aos deveres.

« Sobre este ponto disse o muito conhecido estadista e philosopho Guizot, quando ministro da instrucção publica em França, dirigindo-se ao professorado, as seguintes palavras, que não serão ouvidas sem interesse :

« Quanto á educação moral, vós não ignorais que n'ella se contém, sem duvida, a mais importante e a mais difficil parte de vossa missão.

« Não ignorais que, confiando-vos um menino, cada familia vos pede lhe restituais alguns annos depois, para ella um homem de bem, e para o paiz um bom cidadão.

« Cuidai, pois, sem cessar em desenvolver e firmar nos vossos discipulos esses immorredouros principios de razão e de moral, sem os quaes a ordem está em perigo ; e em lançar profundamente nos jovens corações essas sementes de virtude e de honra, que nem a paixão, nem a idade suffocarão jamais.

« A fé na providencia, a santidade do dever, o respeito ás leis e ao imperante, taes são os sentimentos que vos esforçareis em propagar. »

« De tudo o que ahi fica dito segue-se que não vão por bom caminho aquelles preceptores, que pelo elemento do temor imaginam poder dos meninos fazer homens de bem.

« Pelo temor pode-se até certo ponto regular a vida exterior, mas elle não póde ir além.

« A penna christianissima do bom Gauthey, cuja leitura nunca me cansa, escreveu ácerca disto as primorosas palavras que seguem :

« Os meios rigorosos farão talvez discipulos submissos, siquer na apparencia, porém nunca meninos de vontade franca, sinceramente affeiçoados ao dever. Logo que elles não se achem mais sob vossas vistas, ou quando a idade os tiver subtrahido á vossa autoridade, suas inclinações, comprimidas por longo tempo, transbordarão com tanto mais furor, quando soar a hora da liberdade; e tereis então sujeitos detestaveis.

« Entretanto, aquillo que não podeis conseguir pela severidade, vós o conseguireis pela persuasão que fórma e dobra a vontade, pela affeição que ganha o coração, e por uma autoridade firme, que sustenta e decide, quando o espirito do menino é ainda vacillante e pouco esclarecido. »

« E' pois necessario, para a regeneração dos meninos, que o educador dirija-se primeiro que tudo á consciencia, esclareça-a, e a encaminhe para o bem.

« E a este respeito acrescenta ainda o citado autor :

« Deus poz em nós a consciencia para nos fazer distinguir o bem do mal, e para nos servir de guia e de sustentaculo no combate contra as paixões ; ella é como o echo das leis eternas, como um reflexo da santidade soberana.

« Collocada no centro de nosso ser, a consciencia intervem em todas as crises de nossa vida interior, esclarece nossa alma até nos seus mais intimos escondrijos; e, acompanhando-nos por toda a parte, faz ouvir sua voz grande e poderosa no meio do tumulto das cidades, como na mais profunda solidão. »

« Mysterioso e divino phenomeno, a consciencia, collocada dentro de nós, tem ao mesmo tempo alguma cousa de natural e de sobrenatural, de humano e de divino.

« De natural e humano, em quanto se encontra em todos os homens ; de sobrenatural e divino, em quanto é estranha e superior á nossa vontade, pois que ella domina o homem, e o domina em nome de Deus.

« E' sem duvida uma vantagem para nos o sermos constantemente impellidos ao dever, não por uma palavra humana, mas por uma voz divina, que se eleva das profundezas de nossa alma ; porém este soccorro não é sempre sufficiente para que o mal seja vencido ; pois o homem chega muitas vezes a enfraquecer, sinão a embotar a acção da consciencia.

« E o que é que póde vivificar e dar toda força ao commando da consciencia, continúa Gauthey ?

« Só a fé religiosa : só o Evangelho, onde os mestres encontrarão tudo quanto póde esclarecer, fortificar e guiar a consciencia.

« No exterior como no interior, no meio do mundo como no intimo das almas, o christianismo se tem mostrado sempre vencedor. Porém são suas victorias .interiores que lhe têm feito ganhar terreno fóra, e acabarão por lhe submetter o universo. Só elle póde mudar os corações e a vida.

« Por que pois, não seria elle collocado na base da educação, como unico principio capaz de lhe dar realidade, profundeza e duração?

« O Evangelho é a bem dizer uma constante disciplina da vontade.

« Regular nossas determinações, submettel-as á lei de Deus, restabelecer a harmonia em nossa alma, e em nossa vida, eis seu fim.

« Ganhar nosso coração, eis o grande meio que elle põe em acção.

« E o Evangelho é obra do mestre dos mestres!

« Mas como ganhar este caprichoso, este rebelde coração, e dominal-o?

« Pelo amor de Deus; amor que, penetrando o homem todo, o abranda, o transforma, e o torna soberanamente feliz. »

« Agora vós que me ouvis, dizei-me:

« As palmatoadas, por mais frequentes, numerosas e fortes que sejam, poderão jamais ter acção favoravel sobre a consciencia dos meninos? Poderão esclarecel-a, dirigil-a, fortifical-a?

« Dizei-me ainda :

« Que valor póde ter a boa acção praticada somente para se evitar o castigo?

« Póde perseverar no bem a pessoa que o não pratica por consciencia, mas forçado pelo temor?

« Póde amar o dever quem lhe não conhece a santidade?

« E a palmatoria póde ensinar nada disto?

« E por que ha de haver ainda quem glorifique esse ignobil instrumento, hoje inteiramente proscripto da educação nos paizes cultos? .

« Como é que em um paiz livre como este nosso; em que tanto se falla de liberdade, se continúa a educar a mocidade por methodo tão despotico e humilhante, e por conseguinte tão anti-liberal?

« Oh! Si não fôra a indifferença dos pais em cousa que tanto importa a seus caros filhos; si não fôra a indifferença da sociedade no que toca á formação dos futuros cidadãos, certamente não haveria ainda mestres que alardeassem sua predilecção por esse instrumento só proprio para reger ou fazer escravos.

« Frequentemente, diz Mr. Barrau, em uma das melhores obras que sobre educação têm visto neste seculo a luz da publicidade, frequentemente pensa-se que nos collegios não é possivel conter uma numerosá mocidade, sinão por meio do constrangimento e do temor.

« Mas uma alma conduzida pelo temor torna-se sempre mais fraca.

« Demais, si um menino é physicamente de uma compleição lymphatica, e moralmente de uma disposição de espirito doce e um tanto inactiva, (como tantos ha, e são os que parecem mais faceis, sendo entretanto as vezes os mais difficeis de educar), o temor sem duvida terá sobre elle muita acção; o mestre se verá obrigado a recorrer muitas vezes a este meio pela inconsistencia e indecisão de sua vontade, e obterá algum resultado.

« Mas porque preço, justo ceu !...

« Terá enfraquecido de mais a mais um caracter que já era demasiadamente fraco; ao passo que empregando com paciencia e bondade os diversos meios de excitação, teria chegado a lhe dar tempera e energia.

« E' bem raro que na educação possam ou queiram os mestres adstringir-se aos cuidados e attenções infinitas, que exige a diversidade de caracter dos meninos. E entretanto ha na hygiene e therapeutica educativas, como na hygiene e therapeutica medicas, tonicos, calmantes e revulsivos, apropriados aos diversos temperamentos.

" Mas para os applicar a proposito, que tento não é preciso ! quanto cuidado ! quanto amor ! "

1871

Na introducção aos estatutos do *Collegio Abilio* se lê o que se segue :

" Pelo que toca á inspecção e vigilancia dos alumnos, declaro que não serão confiadas a censores vulgares sem criterio e sem habilitações, mas aos professores internos, em cuja escolha procederei, como no Gymnasio Bahiano sempre o fiz, com severissimo escrupulo; porquanto a parte moral do ensino da mocidade commettida á minha direcção constitue o objecto principal dos meus cuidados.

" Acerca de castigos e meios de promover a emulação e o gosto pelos estudos, direi :

" Assim como por 13 annos pratiquei com grande proveito no Gymnasio Bahiano, continuarei a encaminhar meus discipulos ao cuprimento do dever pelos *meios moraes, que elevam e ennobrecem o caracter,* e não *pelas pancadas que o abatem e envilecem ;* pelos *preceitos da razão, da justiça, e da dignidade pessoal, que allumiam e fortificam o espirito e a consciencia, para conhecerem, amarem e voluntariamente seguirem o bem ,* e jamais pela *compressão e pelo medo, que so podem obscurecer a intelligencia, endurecer o caração e fazer hypocritas.*

« Para este fim applicarei o systema de premios e penas que adiante se encontrará, sendo estas reguladas por um codigo especial. »

1873

Tendo chegado a meu conhecimento que a assembléa provincial do Paraná promulgára uma lei autorisando o emprego da palmatoria nas escolas daquella provincia, dirigi ao presidente da mesma, então o Exm. Sr. Dr. Frederico J. C. de A. Abranches, o seguinte officio :

« Illm. e Exm. Sr. — Li com grande estranheza e desgosto profundo a lei inqualificavel que a assembléa legislativa dessa provincia promulgou ultimamente, autorisando o emprego da palmatoria nas escolas publicas, lei pasmosa, que revela, ou o atrazo vergonhosissimo em que se acha essa aliás tão esperançosa porção do imperio, e uma triste ignorancia dos progressos que por toda parte, e tambem entre nós, tem feito a sciencia do ensino, ou é um deliberado acinte aos mesmos progressos.

« Li depois, e com maior estranheza e maior desgosto, que semelhante lei fôra pelo antecessor de V. Ex. sanccionada.

« E porque tenha sido constante empenho meu desde muitos annos, libertar a infancia brasileira desse vil instrumento, que não póde sinão concorrer para o rebaixamento do caracter nacional, tomo a liberdade

de ajuntar ao offerecimento de livros que a V. Ex.
fiz para as escolas dessa provincia cem exem-
plares do meu volume de discursos sobre educação,
que V. Ex. se dignará de mandar distribuir pelos
mais distinctos professores e professoras da mesma.

« Tenho fé que a leitura desses discursos levará aos
encarregados da delicada tarefa de instruir a infancia
a convicção de que a *palmatoria*, além de fazer a escola
antipathica, sinão odiosa para as frageis crianças,
transformando-a em um lugar de tristezas e lagrimas
em vez de um lugar de alegrias e risos, qual deve ser,
torna a profissão do mestre a mais penosa, desagradavel
e triste das profissões, reduzindo-o de amigo e pai, que
deve ser, á condição de inimigo ou algoz dos discipulos. »

A resposta que tive daquelle digno administrador,
communicado-me que aquella estranha lei acabava de
ser revogada, foi-me sobre maneira agradavel.

1875

No discurso que proferi o anno passado, por occasião da solemnidade da distribuição de premios aos
alumnos do Collegio Abilio, disse eu:

« Senhores. — Em todos os paizes cultos, onde o
ensino se dá nobilitando, e não aviltando a infancia,
nao ha instituto grande ou pequeno, do Estado ou
privado, onde não se effectuem annualmente solemni-
dades analogas a esta.

« E' que a experiencia dos seculos lhes tem ensinado, que o gosto pela instrucção não póde ser imposto pelas penas e humilhações; deve, sim, ser excitado pela persuasão e pelos meios moraes, isto é, pelas honras e distincções.

« Tambem desde que, ha 18 annos, fundando na Bahia o Gymnasio Bahiano, hasteei bem alto o estandarte do novo ensino pelo amor e pelos estimulos da dignidade ; desde que alli comecei então a cruzada, em que até hoje tenho fervorosamente persistido a favor da abolição dos castigos corporaes nas escolas do meu paiz, estabeleci, como complemento necessario de outros meios de animação e emulação, as distribuições annuas de premios, onde, ao mesmo passo que fossem galardoados e applaudidos na proporção de seus meritos os alumnos briosos e applicados, esquecidos e humilhados ficassem os negligentes e covardes, e tirassem estes da propria humilhação e esquecimento incentivos para mais esforço e mais applicação no porvir.

« E os resultados felizes de taes medidas não se fizeram esperar por muito tempo.

« Em breve os alumnos do Gymnasio Bahiano, onde nunca teve entrada a ferula, sobrepujavam nos estudos, como nas perfeições moraes, aos dos outros estabelecimentos regidos pelo despotismo da força bruta, onde para os meninos só haviam os estimulantes do medo e das dôres.

« Deploro, senhores, que o exemplo dado neste assumpto por todos os paizes civilisados, não tenha tido, como aliás tanto em bem do ensino convinha, sinão raros, bem raros imitadores!

« Deploro que haja ainda no Brazil mestres partilhando a opinião de que se deve impôr o ensino por meio de castigos, em vez de fazel-o desejado e amado pelos conselhos e pelas recompensas moraes.

« Quanto a mim, desde que encetei a vida de educador, em vez de ameaçar meus discipulos com punições, ameaço-os apenas com a vergonha do não cumprimento de seus deveres; procuro dirigir-lhes a vontade e despertar nelles os sentimentos da dignidade pessoal; (1) estimulo-os com palavras energicas, que lhes dêm tempera ao caracter e o elevem; sensibiliso-os fallando-lhes de Deus, dos pais, dos mestres, da patria e do amor; e aceno-lhes constantemente com as glorias ou com as tristezas deste dia. »

(1) Eis a proclamação que lhes leio, ou faço ler-lhes invariavelmente todos os dias ao entrarem para o estudo.

« Charos meninos !

Depois de brincar, justo é que com gosto e boa vontade vos entregueis ao estudo.

Lembrai-vos do prazer que tereis é dareis a vossos mestres, si souberdes vossas lições, e da vergonha que passareis, si as não souberdes.

Deshonra-se, além de se prejudicar a si mesmo, e de peccar contra Deus, contra os pais, e contra os mestres, o menino que vadia nas horas de trabalho.

Correspondei, charos meninos, ao que de vós esperam vossos pais, vossos mestres e a chara patria.

Lembrai-vos do futuro. Lembrai-vos que Deus está vendo o que fazeis. »

N° 3140. — Brux. — Typ. E. Guyot.